# Die Geschichte vom alten, großen, dicken Seebären und der süßen, kleinen Wiesnbiene

Ein Märchen nicht nur für Kinder

**Bibliografische Information der Deutschen Nationalbibliothek**

Die Deutsche Nationalbibliothek verzeichnet diese Publikation in der
Deutschen Nationalbibliografie; detaillierte bibliografische Daten sind
im Internet über http://dnb.d-nb.de abrufbar.

© 2014 Detlef Liedtke

Herstellung und Verlag: Books on Demand GmbH,
Norderstedt
ISBN: 9783837065398

# Inhaltsverzeichnis

# I    Wie der alte, große, dicke Seebär die süße, kleine Wiesnbiene kennen lernte

## 1  Der Beginn einer Reise

Eigentlich war der alte, große, dicke Seebär gar nicht so alt und so groß und so dick war er auch nicht. Aber da er mit seinem Schiff schon fast die ganze Welt umsegelt hatte und in den unterschiedlichsten Ländern die unterschiedlichsten Menschen und Kulturen kennen gelernt hatte, nannte man ihn nur den alten, großen, dicken Seebären. Vielleicht lag es ja aber auch an seinem langen, dicken, flauschigen Bart oder an seiner enormen Bärengröße, dass man ihn so nannte. Aber trotz seiner Größe und Stärke war der alte, große, dicke Seebär eigentlich recht friedlich und gemütlich. Man könnte ja schon fast behaupten, der Seebär wäre faul, behäbig und ein wenig langweilig. Aber das würde der Seebär sicherlich wirklich nicht gerne hören, deshalb wollen wir so etwas auch gar nicht erst behaupten.

Eines Abends, als der alte, große, dicke Seebär von einer langen und beschwerlichen Schiffsreise nach Hause, in seine geliebte Hanse- und Schifffahrtsstadt Hamburg kam, setzte er sich in seinem neuen, kleinen, schmalen Zimmer ans Fenster mit Blick auf den Hafen, um sich ein wenig auszuruhen. Und wie er nun dort saß und am Hafen den Arbeitern beim Schiffbau, den Matrosen beim Einschiffen und den Touristen beim hektisch fotografieren zusah, begann er nachzudenken:„Seebär", dachte er sich, „ du bist nun schon viele Jahre heraus aufs Meer gefahren. Du hast die unterschiedlichsten Menschen in den unterschiedlichsten Kulturen kennen gelernt und sitzt nun allein in deinem neuen, kleinen, schmalen Zimmer mit Blick auf den Hafen und weißt nicht so recht, wie du deine Zeit verbringen sollst. Es wird höchste Zeit, dass du einmal Urlaub machst!"

Und das war für den alten, großen, dicken Seebären ein ganz neuer Gedanke, denn Urlaub hatte er ja noch nie gemacht. Und so beschloss er gleich am nächsten Tag einfach mit dem Zug in Richtung Süden zu fahren. Er packte noch am gleichen Abend seine sieben Sachen: frische Unterhosen, Socken, T-Shirts, eine warme Hose, einen Pullover, einen Mantel und seine Zahnbürste in seinen großen, dicken Seesack und konnte vor Aufregung kaum schlafen, da er die ganze Zeit an morgen und seinen Urlaub denken musste.

Am nächsten Tag stand der alte, große, dicke Seebär schon um 06:00h in der früh auf, frühstückte schnell und machte sich in Windeseile auf den Weg zum Bahnhof. Ihr müsst wissen, dass der alte, große, dicke Seebär ein Profi war, was das Segeln angeht, aber mit Bahnhöfen kannte er sich nun wiederum gar nicht aus. Und so eilte er ganz orientierungslos zwischen den großen Gleisen umher und wusste nun gar nicht, wo er einsteigen sollte. Die Leute am Bahnhof liefen hektisch hin und her. Überall waren lange Warteschlangen vor den Bahnhofsschaltern. Keiner schien hier Zeit zu haben. Alle trugen große Koffer und sahen so wichtig und gestresst aus, dass sich der alte, große, dicke Seebär gar nicht traute jemanden anzusprechen. Und so kam es, dass er fast wieder frustriert nach Hause gehen wollte, bis… Ja, bis ihm auf einmal ein großes Plakat vor einem Gleis auffiel: "Zum Oktoberfest nach München für 99 Euro"!

Hm, dachte sich der alte, große, dicke Seebär. Zu einem großen Fest wollte er immer schon gehen und 99 Euro hatte er auch parat und so stieg er direkt in den Zug, vor dem das Schild stand.

## 2 Mit dem Zug auf nach München

Es handelte sich um einen modernen ICE. Der alte, große, dicke Seebär war das letzte Mal vor gut 20 Jahren mit dem Zug gefahren und so bekam er große Augen, als er in den Waggon einstieg. Er hatte noch gut die alten verschlissenen roten Bänke in Erinnerung und den schmierigen, verklebten Fußboden als er mit dem Zug einmal von Hamburg nach Kiel zur Bootsausstellung gefahren ist. Aber was er jetzt sah verblüffte ihn doch zusehends. Da gab es sogar einen Teppichboden und der Raum vor dem WC glich einem noblen Wohnzimmer. Und dann noch die Sitze: keine ausgedrückten Zigarettenkippen, kein Kaugummi auf dem Sitz, nein, richtige Liegesessel aus Stoff und der Raum hatte sogar genau die richtige Temperatur. Ja, sogar der Geruch nach Urin und abgestandenen Bier fehlte gänzlich. Das freute den alten, dicken Seebären so sehr, dass er sich gleich glücklich und entspannt in den gemütlichen Sessel setzte. Und weil er die Nacht doch so wenig geschlafen hatte und so früh aufgestanden war, fielen ihm, kaum dass er saß sofort die Augen zu und er schlief tief und fest ein. Und so bemerkte er auch gar nicht, dass der Zug einmal quer durch Deutschland fuhr. Er bemerkte nicht das ländliche Münsterland mit seinen zahlreichen Kühen auf den Wiesen, er bemerkte nicht das Ruhrgebiet mit seinen Fabriken, seinem Dreck und seinem Gestank. Er sah nicht den Kölner Dom und er sah auch nicht die Hochhäuser von Frankfurt und er bemerkte erst recht nicht, dass er zwischen Frankfurt und Würzburg im Prinzip nur durch Tunnels fuhr.

Der alte, große, dicke Seebär wachte erst viele, viele Stunden später auf, als er von einem Mann angestoßen wurde und er eine dunkle Stimme vernahm: "Grüß Gott, Entschuldigens, ihre Farkart hätt i Bittschön!" sagte die Stimme. Der alte, große, dicke Seebär rieb sich die Augen, wunderte sich etwas, warum er Gott grüßen sollte und meinte: "Moin, moin mien Herr!" Da musste der Mann lachen: "Jo mei, der Morgen ist aba scho längst vorbei!" Anscheinend hatte der alte, große, dicke Seebär schon so lange geschlafen, dass er gar nicht gemerkt hatte, dass er schon in Bayern war. Und in Bayern müsst Ihr wissen, sprechen die Menschen nun mal anders. Und plötzlich fiel dem alten, großen, dicken Seebären ein, dass er ja gar keine Fahrkarte hatte. Der alte, große, dicke Seebär hatte nämlich in der ganzen Hektik am Bahnhof glatt vergessen, sich eine Fahrkarte zu kaufen. Da ärgerte sich der alte große, dicke Seebär über sich selber und er wurde rot vor Scham.

Aber der bayrische Schaffner war ein guter Mann und hatte viel Verständnis für den alten, großen, dicken Seebären und so verkaufte er ihm noch im Zug die Fahrkarte nach München: "Beim nächsten Mal, kaufens die Fahrkart aber vor der Fahrt!" ermahnte der Schaffner den alten, großen, dicken Seebären, der dankbar dem Schaffner zunickte.

Es dauerte nicht lange und der Zug hielt in München. Schnell packte der alte, große, dicke Seebär seinen Seesack mit seinen sieben Sachen und ging frohen Mutes aus dem Zug.

## 3 Ankunft in München

Als er nun im Bahnhof stand und sich umschaute traf ihn fast der Schock. Und dieser Schock war noch größer, als den Schock, den er erlitten hatte, als er in Hamburg auf dem Bahnhof stand. So etwas hatte er noch nie gesehen. Er war in Afrika und hatte zusammen mit den Buschmännern ums Lagerfeuer getanzt. Er war in Amerika und hatte zusammen mit Indianern die Friedenspfeife geraucht. Aber so merkwürdige Menschen in so merkwürdigen Gewändern wie in München, waren ihm völlig fremd. Die Männer trugen halblange Hosen aus Leder, weißblaue oder weißrote Hemden und einen Sepplhut, die Frauen aufwändig ausschauende Kleider, die überall mit wundervollen Mustern bestickt waren.

Überall wurden Brezeln verkauft und die Menschen brabbelten hektisch unverständliche Worte. Der alte, große, dicke Seebär fasste allen Mut zusammen und sprach einen der Eingeborenen an: "Moin, moin! Könnten Sie mir den Weg zum Oktoberfest zeigen?" fragte der Seebär höflich einen Mann.

Der Eingeborene musterte den alten, großen, dicken Seebären von oben bis unten: "Ihr seids wohl net von hier. Zur Wiesn wollens? Da gehns einfach die Straß hintern Bahnhof nunter und dann immer gradaus dem Volk hinterher, dann kommens zur Wiesn!"

Der alte, große, dicke Seebär hatte den Eingeborenen eigentlich gar nicht so richtig verstanden. In Bayern schien man wohl eine andere Sprache zu sprechen. In Bayern schien wirklich alles anders zu sein. Aber da er sehr höflich war, bedankte er sich und beschloss einfach mal die Straße hinter dem Bahnhof grade aus herunter zulaufen und dann mal zu sehen, wo er ankommt.

Und so machte er sich mit seinem Seesack und seinen sieben Sachen auf den Weg die Straße herunter. Und wie er da so herunter ging, gesellten sich immer mehr Menschen zu ihm, die alle diese seltsamen Gewänder trugen, wie er sie auch schon am Bahnhof gesehen hatte. Erst dachte er, die Leute wollten alle zusammen mit ihm spazieren gehen. Aber dann stellte er fest, dass alle nur zufällig den gleichen Weg wie er hatten: „Hmm",

dachte er sich der alte, große, dicke Seebär „Vielleicht wussten diese Menschen ja
auch nicht den Weg und da man die Ein-
heimischen nicht verstehen konnte, hatten die Leute hier sicherlich den gleichen
Entschluss wie er gefasst und sind einfach
die Straße entlang gelaufen. Oder kann
es etwa sein, dass alle diese Leute auch
zum Oktoberfest wollten?! Nein, sicherlich
nicht, nein dass konnte nicht sein, so viele Menschen haben doch gar nicht auf
dem Oktoberfest platz." Und was das
auch für Menschen waren?! Einige schienen sehr krank zu sein, denn sie konnten
gar nicht mehr richtig gerade laufen und
redeten wirres Zeug! „Tja, in Bayern
scheint halt alles anders zu sein" dachte
sich der Seebär und ging weiter.

Und kaum war er zwanzig Minuten ge-
gangen, sah er ein großes Schild: „Herz-
lich Willkommen auf dem Oktoberfest"

## 4    Auf dem Oktoberfest

Da freute sich der alte, große, dicke Seebär und machte sich frohen Mutes auf ins Vergnügen. Aber nicht nur er machte sich frohen Mutes auf ins Vergnügen. Nein, auch die rund 5.000 Spaziergänger, die neben ihm gelaufen sind, schienen wohl das gleiche Ziel gehabt zu haben, freuten sich ebenfalls und gingen zusammen mit dem alten, großen, dicken Seebären direkt auf das Schild in Richtung Oktoberfest zu.

Und was der alte, große, dicke Seebär nun zu sehen bekam, hatte er wirklich noch nie gesehen. Er war in Afrika und hatte zusammen mit den Buschmännern ums Lagerfeuer getanzt. Er war in Amerika und … o.k. o.k. ich weiß, dass ihr das wisst. Aber alte, große, dicke Seebären pflegen sich nun mal gerne zu wiederholen.

Er sah erstmal Menschen und Menschen und nochmals Menschen. Der alte, große, dicke Seebär bekam es schon fast mit der Angst zu tun, anscheinend waren alle Menschen auf der Welt genau auf die gleiche Idee wie er gekommen und sind heute auf dem Oktoberfest. Aber glücklicherweise war der alte, große, dicke Seebär ja nicht nur alt und dick, sondern auch ziemlich groß. Und so war es eine Leichtigkeit für ihn über die Köpfe der Menschenmassen hinwegzusehen und was er da sah, hatte er wirklich noch nie gesehen: Er sah die wildesten Achterbahnen und Karussells, in denen die Leute wie bei Windstärke 10 umher gewirbelt wurden. Er sah Varieteeshows, in denen Menschen durch die Luft schwebten, er sah Bierzelte, größer als das Hamburger

Rathaus, und Bierkrüge, größer als Rum-
fässer. Und auf einem Hügel war eine
stattliche Frau aus Metall, größer als das
höchste Haus, was er je gesehen hat. Ihr
meint der alte, große, dicke Seebär über-
treibt nun ein bisschen?! Na, wart ihr
denn schon mal auf dem Oktoberfest?!
Nein, na seht ihr, dann könnt ihr auch
nicht mitreden. Und wer schon mal dort
war, der weiß wovon ich hier rede.

Der alte, große, dicke Seebär war richtig
überwältigt. Er ließ sich von der Men-
schenmasse einfach mitziehen. Vorbei an
den Karussells, vorbei an den Achterbahnen, an den Losbuden, den Süßigkeiten-
ständen, Bierzelten, Varietee-shows, Ku-
riositätenveranstaltungen, Wahrsagern,
Fressständen und Toiletten-häuschen.
Bis, ja bis er auf einmal mir nix dir nix in
ein großes, festliches Bierzelt herein ge-

zogen wurde. Er erkannte noch aus dem linken Auge, dass am Eingang irgendetwas mit Hofbräuhaus stand und dachte sich: "Hmm, hier muss es aber vornehm zugehen, wenn ich im Brauhaus des Hofes bin!" Der alte, große, dicke Seebär stellte sich Könige in roten Gewändern vor, die aus goldenen Krügen den Gästen Bier reichten und pompöse Schalen mit Wildschweinbraten servierten. Aber was er nun sah, tja, was er nun sah, liebe Kinder, dürft ihr eigentlich gar nicht so genau wissen. Aber ich werde es euch einfach trotzdem mal erzählen.

Das Zelt war eigentlich nur ein Zeltdach. Einen Zeltboden konnte man kaum mehr erkennen, denn der Boden war komplett mit Menschen abgedeckt. An einen gemütlichen Spaziergang durchs Zelt war erst gar nicht zu denken. Das Zelt brach fast vor lauter torkelnden und laut vor sich hin lallenden, in bayrischen Trachten verkleideten Eingeborenen sowie Trink- und Feiertouristen zusammen. Die Devise hieß hier: Treiben lassen und schauen, wo man hinkommt.

In der Mitte des Zeltes war eine viel zu kleine Bühne auf der viel zu viele rotgesichtige, dicke, in bayrischer Lederkluft verkleidete Männer mit halb goldenen, halb verrosteten Blechblasinstrumenten saßen und dort zur Freude der Anwesenden und zum Leid des alten, großen, dicken Seebären lautstark in die Instrumente pusteten. Die rotgesichtigen Bläser konnten es sich auch nicht nehmen lassen die eh viel zu laute Musik noch mit schlecht ausgesteuerten Lautsprechern zu verstärken. Dies ärgerte den Seebären sehr, denn alte, große, dicke Seebären mögen es nun mal nicht so laut und nicht so voll. Jetzt könnte man vielleicht denken, dass sich das Publikum über so einen Krach hätte beschweren können. Aber genau das Gegenteil war der Fall. Da der Boden mit einer unerklärbaren Flüssigkeit überzogen war, die sich anscheinend halb aus Urin und halb aus Bier zusammensetzte, beschloss sich die Überzahl der Gäste auf die Bänke zu stellen und lautstark mit der Musik mitzugrölen. Ja, sogar auf den Gängen, auf den Tischen, in der Toilette und auf dem Boden liegend wurde getanzt, gelacht, gegrölt und sich übergeben.

„Ne, ne, ne in Bayern ist wirklich alles anders" dachte sich der alte, große, dicke Seebär und versuchte sich krampfhaft von der Menge loszulösen. Glücklicherweise war der alte, große, dicke Seebär nicht nur alt, sondern auch groß und dick und so gelang es ihm nach kurzer Zeit

den Weg nach draußen ins Vorzelt zu fin-
den. Dort war es schon erheblich ruhiger
und leerer und so beschloss er sich erstmal ein wenig hinzusetzen und sich von
den Strapazen des Bierzeltterrors zu er-
holen.

Es dauerte nicht lang, da stand auch
schon eine große, dicke Frau im Dirndl
vor ihm, die ihn anmusterte, lachte und
ihn fragte: "Jo, mei! Wo seins Sie denn
her! Wollens a Moass?!"

Der alte, große, dicke Seebär verstand
die Frau nicht, da es ihm aber zu peinlich
war nachzufragen, was die Frau von ihm
wollte, sagte er höflich: "Moin, moin
schöne Frau! Könnten Sie mir bitte ein
Bier bringen?" Da musste die Frau laut
lachen und sagte: "Na, das hätt i mir
doch gleich denkt! Moment, i schick amol
unser Biensche los!". Darauf verschwand
die Frau wieder.

Und was der alte, große, dicke Seebär nun zu sehen bekam, hätte er bestimmt nie für möglich gehalten. Er sah ganz hinten aus der Ecke einen großen Maßkrug voller Bier der wie von alleine zwischen den Menschen hindurch direkt auf ihn zugeflogen kam. „Können denn hier sogar die Bierkrüge fliegen?" dachte der alte, große, dicke Seebär. „Nunja, in Bayern ist halt alles anders."

Aber als er genauer hinsah, bemerkte er über dem Maßkrug kleine Flügelchen, die eifrig hin und her flatterten.

Und als der fliegende Bierkrug direkt vor ihm schwebte und er einen Blick hinter den Bierkrug warf, sah er etwas was er sein ganzes Leben lang nie vergessen würde. Eine süße, kleine Wiesnbiene war es, die den Maßkrug trug. Das hatte der alte, große, dicke Seebär wirklich nicht erwartet. Er hatte in Afrika mit den Buschmännern ums Lagerfeuer getanzt. Er hatte in Amerika mit den Indianern die Friedenspfeife geraucht. Aber so eine süße, kleine Wiesnbiene hatte er wirklich noch nie gesehen. Da der alte, große, dicke Seebär ein sehr höflicher und altmodischer Seebär war, stand er sofort auf, verneigte sich und stellte sich vor: "Moin moin mien Diern! Wenn ich mich bei Ihnen vorstellen dürfte. Ich bin der alte, große, dicke Seebär!" Da musste die süße, kleine Wiesnbiene laut lachen und hätte beinah dabei den Maßkrug umgeworfen: "Jo, mei! Wo käms denn sie daher! Ich bin die Wiesnbiene!"

Nun mussten beiden laut lachen.

Und das war der Anfang einer langen Freundschaft!

## 5 Eine Nacht in München

Weil sich der Seebär und die Wiesnbiene auf Anhieb sympathisch waren, kamen sie schnell ins Gespräch. Obwohl der alte, große, dicke Seebär eigentlich wortkarg war und sich mit attraktiven, süßen, kleinen Bienen ja auch eigentlich nie unterhalten hatte, redete er auf einmal wie ein Wasserfall. Man hatte den Eindruck der alte, große, dicke Seebär hätte seit zwanzig Jahren nicht mehr reden können und nun auf einmal seine Sprache wieder gefunden. So quasselte er daher. Er erzählte von seiner langen Zugreise nach München, er erzählte von seinem kleinen, schmalen Zimmer in Hamburg, von seinen Schiffsreisen, von Afrika und den Buschmännern, von Amerika und den Indianern und natürlich vom Oktoberfest und den Bayern mit ihren komischen Trachten.

Ihr denkt jetzt vielleicht so ein süßes, kleines Bienchen würde sich etwa langweilen, so einem alten, großen, dicken Seebären zuzuhören, oder etwa seine Geschichten für Seemannsgarn halten und wieder gehen?! Weit gefehlt: Die süße, kleine Wiesnbiene hörte vergnügt zu. Und immer wenn etwas besonders lustig war, flog sie auf und ab und schlug vergnügt ihre Flügelchen mehrfach hin und her.

Und wie der alte, große, dicke Seebär erzählte und erzählte, bemerkten unsere beiden Freunde gar nicht wie die Zeit verging. Und so war es schon fast 23:00h nachts als ein großer, dicker Mann in einer alt-bayrischen Tracht zu Ihnen kam und freundlich aber bestimmt sagte: "So, ihr Leuds! Sperrstund ist! Morgen ist auch noch ein Tag. Ein Moass kann i noch bringen, aber dann ist Schluss!" Der alte, große, dicke Seebär wunderte sich. „Sperrstund? Was mag dies nur sein? Werden wir nun etwa eingesperrt?" fragte er verunsichert die süße, kleine Wiesnbiene. Da musste das Bienchen laut lachen: "Geh foart! Es ist schon 23:00h und das Fest ist am End! Wir müssen nun gehn!" Das fand der alte, große, dicke Seebär nun gar nicht so schön. Feierte man doch in Hamburg immer bis in die Morgenstunden hinein. Aber was soll's, dachte sich der Seebär: „Wenn ich heute früher ins Bett gehe, habe ich morgen mehr vom Tag!" Und das freute den Seebären ungemein. Und so trank er schnell sein letztes Maß Bier auf und die beiden gingen Arm in Arm nach Haus.

Die beiden gingen Arm in Arm nach Haus? Aber was erzähl ich denn da? Der alte, große, dicke Seebär lebte doch in Hamburg. Wie kam er denn nun nach Hause? Sollte er einfach zum Bahnhof gehen und nach einem Zug schauen? Aber fahren denn überhaupt noch Züge mitten in der Nacht nach Hamburg? Sollte er sich ein Hotelzimmer nehmen? Aber woher bekam man um diese Uhrzeit noch ein Zimmer? Sollte er gar die süße, kleine Wiesnbiene fragen, ob er bei ihr übernachten könne? Nein, dass wollte die süße, kleine Wiesnbiene sicherlich nicht. Was sollte denn so eine süße, kleine Biene mit einem alten, großen, dicken Seebären schon anfangen können? Nein, bestimmt nicht und im Übrigen war der alte, große, dicke Seebär auch viel zu schüchtern, um sie zu fragen. Der Seebär runzelte die Stirn. Nun machte er sich wirklich Sorgen. Wie und wo sollte er nur die Nacht verbringen? Er schaute traurig und besorgt die süße, kleine Wiesnbiene an. Die bemerkte sofort, dass sich der alte, große, dicke Seebär Sorgen machte: "Was hast du denn? Hat dir der Abend denn nicht gefallen?" summte sie besorgt zu ihm. Der Seebär druckste herum. Ihm war es sichtlich peinlich zuzugeben, dass er sich gar nicht um eine Schlafgelegenheit gekümmert hatte. Und so glich seine Stimme nicht die eines großen, alten und erfahrenen Seebären, sondern eher die, einer kleinen schüchternen Maus als er der süßen, kleinen Wiesnbiene zugestehen musste: "Ich, ich weiß doch gar nicht, wo ich schlafen soll!"

Die süße, kleine Wiesnbiene schaute ihn mit großen Augen an, musterte Ihn von oben bis unten bis sie auf einmal laut anfangen musste zu lachen: "Na, bei mir natürlich, du Depp! Glaubst wohl, ich würd dich in München alleine lassen! Ne, ich muss dich doch hier in Bayern beschützen!"

Da musste der alte, große, dicke Seebär auch laut anfangen zu lachen und sie gingen froh und glücklich zur Wohnung der süßen, kleinen Wiesnbiene.

Es dauerte nicht lange, da kamen sie auch schon an. Wie Ihr euch sicherlich vorstellen könnt, brauchen süße, kleine Wiesnbienen nicht grade viel Platz. Eigentlich brauchen süße, kleine Wiesnbienen ja so gut wie gar keinen Platz. Und so kam es auch, dass die Wohnung der kleinen, süßen Wiesnbiene nicht nur klein und süß, sondern gar winzig war. Viel viel winziger als die kleine Wohnung des Seebären in Hamburg und auch sicherlich viel viel kleiner als euer Kinderzimmer zu Hause. Als sie vor der winzigen Wohnungstür der Wiesnbiene standen, wurde dem alten, großen, dicken Seebären schon ein wenig mulmig. Da er aber ein höflicher Seebär war, traute er sich nicht etwas zu sagen und runzelte nur besorgt die Stirn. Die süße, kleine Wiesnbiene bemerkte natürlich sofort was los war und versuchte den Seebären zu beruhigen. Sie schwirrte beschwingt um seinen Kopf und flüsterte ihm ins Ohr: "Mach dir keine Sorgen, eng ist doch gemütlich!" Der Seebär grinste: "Ja, eng ist gemütlich!" und dann gingen, nun ja, sagen wir lieber, dann quetschen sie sich in die enge, kleine, winzige Wohnung der Wiesnbiene.

Aber kaum waren sie in der kleinen, winzigen Wohnung musste der alte, große, dicke Seebär doch staunen. Sah die Wohnung doch von außen so klein und unscheinbar aus, war sie innen doch richtig schön eingerichtet. Da gab es eine kleine Küche mit zwei winzigen Stühlchen und einem Tischchen, genau passend für Wiesnbienchen. Und auf dem Tischchen stand ein großes, was sage ich, ein riesiges Glas Honig, von dem selbst der Seebär satt geworden wäre. Denn ihr müsst wissen: Wiesnbienen essen nun mal gerne Honig. Aber die Küche interessierte den alten, großen, dicken Seebären nicht wirklich. Dann gab es noch zwei weitere Zimmer: Eins mit einer kleinen, süßen Badewanne und einer Toilette, genau passend für das Bienchen und eins mit einem kleinen, süßen Bettchen. Das Bettchen war genau so groß, dass eine süße, kleine Wiesnbiene es sich dort gemütlich machen konnte.

Ja, genau: Es war richtig gut eingerichtet für eine Wiesnbiene und das war es auch, was dem alten, großen, dicken Seebären

Angst machte. Wo sollte er nur schlafen? Er konnte sich ja kaum bewegen in der Wohnung? Was passierte, wenn er sich umdrehte und versehentlich etwas kaputt machte? Etwa das Glas mit dem Honig oder versehentlich auf die Badewanne trampelte? Denn der alte, große, dicke Seebär war nicht nur alt, groß und dick, sondern konnte auch manchmal etwas ungeschickt sein. Doch die süße, kleine Wiesnbiene erkannte die Sorgen des Seebären sofort und flüsterte ihm beruhigend ins Ohr: "Hab keine Angst mein Seebär, bei mir bist du gut aufgehoben. Und du weißt ja: eng ist gemütlich!" Da musste der Seebär lachen: "Eng ist gemütlich!" sagte er und die beiden fielen zusammen ins Bettchen. Und weil es so eng war, mussten sie sich ganz nah zusammenkuscheln und vielen sofort in einen tiefen und festen Schlaf.

Der Seebär träumte von seinem kleinen Zimmer in Hamburg, träumte von seinen Reisen nach Afrika und von seinen Reisen nach Amerika. Von den Indianern und den Buschmännern und natürlich auch von den Bayern und dem Oktoberfest. Denn Bayern war für den alten, großen dicken Seebären ja fast so interessant und ungewohnt wie Amerika oder Afrika. Aber am intensivsten träumte er von der kleinen, süßen Wiesnbiene. Er sah sie ganz genau im Traum vor sich, wie sie vergnügt um ihn herumschwirrte, wie sie ihm den großen Maßkrug brachte, wie sie sich stundenlang unterhielten und anschließend Arm in Arm in die Wohnung kamen. Und wie er so intensiv träumte, merkte er gar nicht, dass er im Schlaf immer näher an die süße, kleine Wiesnbiene ranrückte, bis sie sich ganz fest umschlungen hielten. Und auch die Wiesnbiene träumte von dem alten, großen, dicken Seebären. Sie träumte vom Oktoberfest und davon, wie beeindruckt sie doch von seinen Geschichten über Afrika, Amerika und Bayern war. Ja, die beiden waren wie ein Herz und eine Seele. Könnt Ihr euch vielleicht vorstellen warum dies so war?

## 6 Frühstück in einer Bienchenwohnung

Und wie sie so schliefen, bemerkten sie gar nicht, dass die Nacht schon längst vorbei war und die Sonne hoch am Himmel schien. Es war schon 11:00h als der alte, große, dicke Seebär von ein paar Sonnenstrahlen geweckt wurde. Er streckte seine Arme weit aus und gähnte, wie ein Bär nur gähnen kann: "UUUUAAAAAA! Hab ich gut geschlafen!"

gähnte der Seebär und weckte so auch die süße, kleine Wiesnbiene auf. Während der Seebär sich langsam und gemächlich den Schlaf aus den Augen rieb, surrte die Wiesnbiene schon quirlig, vergnügt und voller Tatendrang um den Seebären herum: "Komm, was machen wir heut? Was machen wir heut? Lass uns was Feines unternehmen!' summte sie fröhlich um den alten, großen, dicken Seebären herum.

Doch dem Seebären war noch gar nicht so quirlig und vergnügt zu Mute. Denn eigentlich war der alte Seebär so ein richtig fauler Morgenmuffel. Gemächlich stand er auf und versuchte sich zu recken und zu strecken. Richtig, er versuchte sich zu recken und zu strecken. Denn hätte er sich wirklich gereckt und gestreckt, hätte die süße, kleine Wiesnbiene nun ein Loch in der Decke und in den

Wänden, denn so groß waren seine Arme.
Aber natürlich war der Seebär ein sehr
vorsichtiger Mensch, und so beließ er es
bei dem Versuch und zog seine großen,
dicken Seebärenarme schnell wieder ein.
Plötzlich hallte ein großes Brummen
durch die Wohnung: „Was ist das! Wo
kommt denn das her?" fragte die Wiesnbiene und flog dabei hektisch um den
alten, großen, dicken Seebären herum.
Dem Seebären war es nun ein wenig
peinlich und er wurde rot: „Hmm, also,
ähm! Ich glaub das bin ich! Das ist mein
Magen, der so knurrt!" Da musste die
süße, kleine Wiesnbiene lachen: „Ja, mei!
Natürlich, du musst ja einen Wahnsinns
Hunger haben!" Und sogleich flog die
Wiesnbiene in die Küche. Da der Seebär
nicht nur alt, groß und dick, sondern zu
Weilen auch ein wenig schwerhörig war
und bayrisch nicht so richtig verstand,

blieb er erstmal verdutzt stehen und harrte der Dinge. Und wie er da so verdutzt den Dingen harrte, schwirrte die Wiesnbiene schon behändig in die Küche und zauberte eine riesengroße Kanne Kaffee und ganz viele belegte Brote.

Natürlich konnte die süße, kleine Wiesnbiene nicht wirklich zaubern. Aber sie schwirrte so flink und behändig hin und her, dass man meinen könnte sie zaubere das Frühstück wie von Geisterhand. Na, und könnt ihr euch vorstellen, was auf den belegten Broten drauf war?

Na? Etwa Nutella, Marmelade, Käse oder Wurst?!

Nein, 20 große Schnitten mit Honig waren es, die die Wiesnbiene in Windeseile herbei zauberte, während der alte, große, dicke Seebär immer noch mehr oder minder desorientiert und schwerfällig im Schlafzimmer stand.

Und ehe der Seebär einen wirklich klaren Gedanken fassen konnte, schwirrte die Wiesnbiene schon zu ihm: „Komm, wir essen was! Komm, schnell, schnell!" Die süße, kleine Wiesnbiene nahm den Seebären an die Hand und führte ihn in die winzig- kleine, aber dennoch wirklich liebevoll eingerichtete Küche. Der alte, große, dicke Seebär atmete tief ein. Und was er da einatmete ließ ihn Atemzug für Atemzug immer wacher werden. Frischer Kaffeeduft war es, der ihm durch die Nase empor kroch und aus einem eher müde-mürrischen Morgenmuffelgesicht des Seebären wurde ein breites und zufriedenes Lächeln. Als er den Teller mit den Unmengen von Honigbroten sah, glaubte man fast, der alte, große, dicke Seebär hätte sein Morgenmuffelgesicht gegen das Gesicht eines überglücklichen Clowns ausgetauscht: „Wer soll denn das alles

essen?" fragte er glücklich aber auch verwundert die süße, kleine Wiesnbiene. Diese hatte schon das erste Honigbrot in den Fingern und surrte fröhlich: „Von Honigbroten kann man nie genug bekommen!". Und so setzte sich der alte, große, dicke Seebär auf den kleinen Stuhl, nahm ein Honigbrot, schobst in den Mund und murmelte mit vollem Mund: „Ja, von deinen Honigbroten kann man nie genug bekommen!"
Natürlich wusste der Seebär schon, dass man nicht mit vollem Mund sprechen soll. Aber die Honigbrote schmeckten einfach so gut, dass musste er einfach sofort der kleinen, süßen Wiesnbiene sagen. Und weil der alte, große, dicke Seebär gar nicht genug von den Honigbroten bekommen konnte, stopfte er sich gleich drei Brote zugleich in seinen großen Bärenmund. Nur, so riesig groß war sein

Bärenmund nun wieder auch nicht. Und so kam es, dass er sich den ganzen Mund und den ganzen Bart, ja man kann sogar sagen das halbe Gesicht, mit Honig voll kleckerte. Die süße, kleine Wiesnbiene schaute ihm vergnügt zu und musste herzhaft lachen, als sie den voll gekleckerten Bären sah. Sie schwirrte flink auf den Seebären zu und leckte ihm mit Ihrer Zunge den Honig aus dem Gesicht. Dem alten, großen, dicken Seebären war dies zunächst äußerst peinlich. War er doch ein so erwachsener, so weiser und so erfahrener Seebär. Doch irgendwie gefiel ihm das und er genoss es richtig, wie das Bienchen ihn sauber leckte.

Es dauerte nicht lange da hatten unsere beiden hungrigen Freunde auch schon die Brote verputzt. Und nachdem der alte, große, dicke Seebär seinen Kaffee getrunken hatte, war er nun auch wieder gut gelaunt und hell wach: „So, nun kann der Tag beginnen!" lachte der Seebär glücklich und nahm seine Wiesnbiene an die Hand: „Komm, lass uns nun München erkunden!" Die süße, kleine Wiesnbiene lachte glücklich: „ Jawohl! Auf in die Stadt!"

Und so gingen sie beide hinaus auf die Straße.

## II    Ein Abenteuer in den Bergen

## 1    Der Aufbruch

Nachdem der alte, große, dicke Seebär und die süße, kleine Wiesnbiene sich München von allen Seiten angesehen haben und nun ziemlich erschöpft nach Hause kamen, setzten sich beide hundemüde auf das kleine Wiesnbienchenbettchen. Der Seebär stöhnte: „Puh, ich habe schon soviel von München gesehen. Die vielen Eingeborenen mit ihren seltsamen Trachten, die Museen, das Oktoberfest und und und! Ich glaub ich kann bald keine Menschen mehr sehen! Gibt es denn keine Natur in München?!"

Die süße, kleine Wiesnbiene überlegte kurz, surrte um den Seebären rum und meinte dann freudestrahlend: „Ich hab's: Wir fahren morgen in die Berge!"

„In die Berge?!" fragte der Seebär erstaunt. Denn Seebären kennen ja nur flaches Land und weites Meer und bei den Gedanken an hohe Berge und steile Aufstiege wurde ihm schon ein wenig mulmig. Denn schließlich war der Seebär ja alt, groß und dick und alte, große, dicke Bären können nun mal nicht mehr so gut laufen.

„In die Berge!!" meinte die süße, kleine Wiesnbiene selbstbewusst. Und als der Seebär so in das lachende Gesicht des Bienchens sah, konnte er einfach nicht mehr widersprechen und meinte nur: „Ja, in die Berge!"

„Komm, lass uns schnell deinen Seesack packen! Wir brauchen zwei Getränkeflaschen mit Tee und Wasser, damit wir nicht verdursten, einen dicken Pullover, denn in den Bergen kann es kalt werden, eine rote Picknickdecke und natürlich jede Menge Honigbrote, denn schließlich wollen wir ja nicht verhungern!" und während die Wiesnbiene noch die Sachen für die Bergtour aufzählte, schwirrte sie schon geschwind umher und brachte dem Seebären alles, damit er es in den Seesack packen konnte. Der alte, große, dicke Seebär kam gar nicht mit dem Packen nach, so schnell und eifrig war das Bienchen. Aber schon nach 10 Minuten hatten sie alles zusammen und schauten sich stolz den voll gepackten Seesack an.

„So und morgen früh um 06:00h geht's los!" meinte die Wiesnbiene voller Tatendrang. Da wurde dem alten, großen, dicken Seebären nun schon etwas mulmig. „Morgen früh, 06:00h?! Herrgott, da bin ich doch mitten in meiner Tiefschlaf-Erholungsphase", murmelte er vor sich hin. Aber das Wiesnbienchen nahm ihn in den Arm: „Komm, du schaffst es schon so früh aufzustehen. So wie ich dich wecke, bist du bestimmt schnell wach und fit!"

Das tröstete den alten, großen, dicken Seebären und sie legten sich schon früh ins Bett, damit sie am nächsten Morgen fit und gesund für die Bergtour sind.

Am nächsten Morgen um 06:00h früh, als die ersten Sonnenstrahlen durchs Fenster schimmerten lag der alte, große, dicke Seebär noch mitten in seiner Tiefschlaf-Erholungsphase. Die süße, kleine Wiesnbiene jedoch, war schon wieder voller Tatendrang und machte in der Küche für den Bären einen extra-starken „alte, große, dicke Seebären-Aufwach-Kaffee". Sie schüttete den Kaffee in eine riesengroße Seebärentasse und brachte die Tasse mit ins Schlafzimmer. Dann hielt sie ihm den Kaffee genau unter die Nase und gab den

Seebären einen dicken Kuss auf den Mund: „Aufwachen, der Berg ruft!" Und plötzlich verzauberte sich das Tiefschlaf-Erholungsphase-Schnarchen-Gesicht des Seebären in ein breites, sanftes Lächeln.

Der Seebär bedankte sich bei seinem Bienchen mit einer großen Umarmung und einem dicken Seebärenkuss. Dann trank er schnell den Kaffee und im Nu wurde aus dem morgenmuffligen, alten, dicken Seebären ein junger dynamischer Bärenracker: „Auf in die Berge!" rief er.

„Nicht so schnell mein Lieber!" meinte da das Bienchen. „Erstmal wird ordentlich gefrühstückt, damit wir fit für die Wande-rung sind!"

Und da hatte die Wiesnbiene wirklich Recht. Denn wenn man nichts Ordentli-ches isst, hat man keine Kraft etwas Or-dentliches zu leisten. Und so frühstückten die beiden erstmal ordentlich.

Aber nach dem Frühstück brachen die Beiden auf. Der Seebär packte seinen Seesack auf den Rücken und ab ging es in die Berge. Was sag ich da? Ab in die Berge?!

Nein, nein, so einfach war das natürlich nun wieder auch nicht. Schließlich wohnte die Wiesnbiene ja mitten in der Großstadt München und hatte die Berge nicht grade direkt vor der Haustür. Und so stiegen sie zunächst in die U-Bahn. Die war direkt vor der Wohnung der Wiesnbiene. Und nach ca. zwanzig Minuten Fahrt waren sie da. Lustig und gut gelaunt stiegen sie aus der U-Bahn. Der alte, große, dicke Seebär konnte es kaum erwarten und rannte regelrecht aus der U-Bahn hinaus in die Natur. Und was sah er da? Nein, keine großen Berge, keine klaren Flüsse und auch keine grünen Wiesen. Nein, sie waren an einem Bahnhof angelangt. Und das enttäuschte den Seebären nun wirklich etwas: „Aber, aber, wo sind denn nun die großen Berge?!" fragte er traurig die süße, kleine Wiesnbiene. Aber die Wiesnbiene ließ sich die Laune nicht vermiesen, nahm den Seebären an die Hand und führte ihn zur nächsten S-Bahn: „Sei nicht so ungeduldig mein großer, dicker Seebär! Nur noch ein paar Minuten mit der S-Bahn und dann noch mit der Regionalbahn nach Oberammergeutzelbach und schon sind wir da!" Und so stiegen unsere beiden Wanderer in die S-Bahn ein und schon nach 10 Minuten waren sie am Ziel. Nunja, Ziel ist etwas übertrieben. Sie kamen am Bahnhof von „Obertümpelauerbach" an. Von dort ging es weiter mit der Regionalbahn nach Oberammergeutzelbach und dann endlich, nach einer Gesamtfahrzeit von 1:15 Minuten waren sie am Ziel. Schon ganz ungeduldig und voller Erwartungen rannte der alte, große, dicke Seebär aus dem Zug hinaus und bekam große Augen als er hinter dem Bahnhof ein großes, gewaltiges, ja geradezu riesiges Bergmassiv erblickte. Der Seebär war richtig baff und geradezu sprachlos. Er hatte ja schon schließlich fast alles gesehen: Die Indianer in Amerika, die Buschmänner in Afrika und die Bayern auf dem Oktoberfest, aber was er da zu sehen bekam, hatte er wirklich noch nie gesehen.

Ihm verschlug es fast die Sprache. Dann rappelte er sich wieder zusammen und fragte die Wiesnbiene voller Erstaunen: „Und da oben wollen wir nun rauf gehen?" Die süße, kleine Wiesnbiene summte fröhlich um den Seebären herum: „Ja, da oben gehn wir rauf!" Um ehrlich zu sein, bekam es der alte, große, dicke Seebär schon jetzt mit der Angst zu tun, als er den hohen Berg mit großen Augen musterte. Aber da er ja ein alter und erfahrender Seebär war und der kleinen, süßen Wiesnbiene zeigen wollte, was für ein starker und mutiger Bär er doch war, packte er sein Bienchen an die Hand und meinte: „Ja, dann aufi geht's! Der Berg ruft!" Und so machten sich unsere beiden Helden auf den weiten Weg hinauf auf den Berg.

## 2    Auf zum Gipfel

Gut gelaunt und immer noch gestärkt vom Frühstück gingen die beiden frohen Mutes den Wanderweg entlang. Zunächst war es noch richtig lustig, denn es ging noch nicht so steil bergauf. Der alte, große, dicke Seebär sang vergnügt ein altes Seemannslied und die süße, kleine Wiesnbiene summte frohen Mutes mit.

Doch je weiter sie gingen, desto steiler wurde der Weg. Und je steiler der Weg wurde, desto schwerer wurde der große Seesack, den der Bär auf den Rücken trug. Zumindest glaubte der Seebär, dass sein Seesack immer schwerer wurde. Und so dauerte es auch nicht lange, bis große Schweißtropfen von der Stirn des alten, großen, dicken Seebären kullerten und sein Atem immer schwerer wurde. Während die süße, kleine Wiesnbiene immer noch vergnügt und gut gelaunt, um den Seebären herumsummte. Die süße, kleine Wiesnbiene hatte ja auch einen enormen Vorteil: Sie konnte fliegen. Und so flog sie leicht und beschwingt von Blume zu Blume, ließ sich von dem süßlichen Geruch der Blütenblätter berauschen und surrte vergnügt über Gebirgsbächlein hinweg. Sie konnte schon weit hinauf den Berggipfel und den Horizont sehen. Der alte, große, dicke Seebär hingegen konnte nicht fliegen und was er so sah, war eher deprimierend. Er stapfte schweren Schrittes den Berg herauf und stolperte in fast regelmäßigen Abständen über spitze Steine und Felsen, die sich ihm immer in den Weg legten, als würden sie ihn absichtlich ärgern wollen. Von süßen Blumen, klaren Gebirgsbächen und dem weiten Horizont bekam der Seebär gar nichts mit. Und so kam es, dass er schon bald nicht mehr laufen konnte. Aber vielleicht wollte er ja auch einfach nicht mehr so weiter gehen und so stöhnte er nach dem Bienchen: „Nicht so schnell, nicht, so schnell. Mein Seesack ist so schwer! Wann sind wir endlich da? Ich hab Hunger, ich hab Durst. Ich will eine Pause!!" Da musste das Bienchen lachen: „Aber mein großer Seebär!" summte es lieblich: „Du bist mit den Buschmännern in Afrika ums Lagerfeuer getanzt, hast mit den Indianern die Friedenspfeife geraucht und mit den Bayern Bier getrunken und nun kannst du nicht mal auf einen Berg spazieren gehen!"

„HMMMMMMMM!" brummte da der Seebär. Das wurmte ihn jetzt natürlich schon, dass so ein kleines, süßes, freches Wiesnbienchen schneller laufen (sagen wir lieber fliegen) konnte als er. Und so riss er sich noch mal am Riemen und ging einen Schritt schneller voran.

Aber seine Motivation hielt nicht lange an. Denn immer wenn er meinte, er wäre am Gipfel angelangt, musste er feststellen, dass der Weg noch viel weiter nach oben geht. Der alte, große, dicke Seebär dachte schon, der Berg würde nie aufhören und bekam es mit der Angst zu tun. Während die süße, kleine Wiesnbiene vergnügt vor ihm her flog und schon den Gipfel des Berges erblicken konnte, trampelte der Seebär nur frustriert mit Blick auf den Boden voran und wünschte sich schon, er wäre doch im Bett geblieben. Da die süße, kleine Wiesnbiene aber nicht nur klein, süß und frech war, sondern auch einfühlsam, merkte sie sehr schnell was mit ihrem alten, großen, dicken Seebären los war. Sie flog auf seine Schulter und flüsterte ihm ganz lieb ins Ohr: „Hab Mut und gib nicht auf mein Seebär. Noch 20 Meter und wir kommen an eine große Lichtung. Da können wir dann endlich Brotzeit machen!" Das freute den Seebären natürlich und er fasste noch mal alle seine Kräfte zusammen und ging gleich einen Schritt schneller voran.

Und tatsächlich, es waren nur wenige Meter und die beiden kamen an eine große, weite, grüne Wiese. Eine richtig schöne Picknickwiese.

### 3 Norbert und die gefährliche Picknickdecke

Der alte, große, dicke Seebär konnte es kaum glauben. Er war so K.O., dass er sich gleich mit seiner ganzen Seebärengröße ins grüne Gras legte. Die Wiesnbiene lachte: "Hey, du bist ja richtig kaputt. Aber wir haben doch eine Picknickdecke, wo wir uns drauf legen können!" dann zerrte die Biene eine große, breite, rote Picknickdecke aus dem Seesack.

Und wie sie so frohen Mutes die Decke ausschüttelte und ausbreitete, merkte sie gar nicht, dass am Ende der Wiese Norbert, der wilde Stier sie schon nervös musterte.

Ihr müsst wissen, dass wilde Stiere wie unser Norbert, sich gar nicht gut mit roten Picknickdecken verstehen. Rote Picknickdecken sind sozusagen der Erzfeind des Stieres. Und wie das süße, kleine

Wiesnbienchen die Decke frohen Mutes vor den Augen Norberts ausschüttelte, wurde seine Laune immer weniger froh. „ROT, ROOT, ROOOOT!" dachte Norbert nur noch und aus seinen Ohren begannen langsam aber sicher sich kleine Rauchwolken zu entfachen. Er wurde immer nervöser: "Wieso musste es unbedingt rot sein. Wieso unbedingt rot!" Seine Gedanken kreisten immer wieder um diese eklig, aggressive, böswillige rote Picknickdecke. Norbert war eigentlich ein eher ruhiger Typ, aber wie das süße, kleine Wiesnbiene ja geradezu schamlos die rote Picknickdecke vor seinen Augen schwenkte machte ihn einfach wahnsinnig. Nun konnte er es nicht mehr aufhalten. Seine Hufe stampften voller aggressiver Kraft in den Boden. Aus seinen Nasenlöcher und seinen Ohren drang heißer Qualm. „ROOOOOT!" ging es immer wie-

der durch seinen Kopf „ROOOOOOT!"
Dann brachen bei Norbert alle Grenzen.
Wie automatisiert sprangen seine Hufe
nach vorne und er dreschte mit einer na-
hezu unglaublichen Geschwindigkeit auf
unsere beiden Freunde zu:
"ROOOOOOOOOOT!" schrie er dabei laut
hervor.

Als unsere beiden Freunde, Norbert auf
sich zukommen sahen, war es fast schon
zu spät. Erschreckt sprangen sie auf und
begannen zu laufen. Unsere süße, kleine
Wiesnbiene war so geschockt, dass sie
ganz vergessen hatte, dass sie ja fliegen
konnte. Und so rannten die beiden zusammen mit der roten Picknickdecke auf
und davon. Und Norbert rannte hinterher.

„Was will der von uns, was will der nur
von uns!" schrie das Bienchen ängstlich
zum Seebären. Der Seebär keuchte und

konnte kaum noch rennen. Aber plötzlich kam ihn in aller Hektik eine geniale Idee: "Bienchen, schmeiß die Decke weg und flieg davon, dann weiß der Stier nicht mehr, wen er als erstes von uns verfolgen soll und wird aufgeben!" Die süße, kleine Wiesnbiene fand diese Idee zwar ziemlich dumm und naiv, da sie aber keine bessere Idee hatte, flog sie im hohen Bogen davon und ließ die rote Picknickdecke einfach auf den Boden fallen. Und was glaubt ihr, was Norbert nun gemacht hat?

Er interessierte sich gar nicht für unsere beiden Freunde. Lediglich die gefährlich, böse, aggressiv-rote Picknickdecke war es, die ihn so rasend gemacht hatte. Und so sprang er in hohem Bogen auf die Tischdecke drauf und zertrampelte, zerriss, zerbiss, zerfetzte und zerstückelte sie nach allen Mitteln der Kunst. Der alte, große, dicke Seebär und die süße, kleine Wiesnbiene sahen erstaunt zu. Aber Norbert bemerkte sie gar nicht in seiner Zerstörungswut. Nach einem fast endlosen Kampf mit der Picknickdecke, ließ er sich müde und völlig K.O. auf die letzten Fetzen fallen und schlief ein. Jetzt trauten sich unsere beiden Freunde langsam aber sicher an den schlafenden Norbert heran. Der alte, große, dicke Seebär war noch etwas vorsichtig und wollte am liebsten sofort wieder weitergehen. Aber unsere süße, na sagen wir lieber freche, kleine Wiesnbiene wollte sich so ein Benehmen des Stieres nun gar nicht gefallen lassen. Sie summte nervös um seine Ohren und zischte ihm immer wieder ins Ohr: "Was hast du mit meiner Picknickdecke gemacht. Was hast du mit meiner Picknickdecke gemacht! Du Zerstörer du!" Das Bienchen war so aufgebracht, es hätte den Stier am liebsten in die große, dicke Stiernase gestochen. Und hätte der alte, große, dicke Seebär sie nicht davon abgehalten, wer weiß, vielleicht hätte das Bienchen sogar zu gestochen. Aber schließlich können Bienen nur einmal im Leben ihren Stachel verwenden und so ließ sich unsere Wiesnbiene schnell davon überzeugen, Norbert nicht zu stechen.

**4    Ein neuer Freund ist gewonnen**

Norbert war noch ziemlich erschöpft von dem großen Kampf mit der Picknickdecke und kam nur langsam zu sich. Als er noch einen letzten Fetzen von der Decke sah, nahm er ihn und verbuddelte ihn schnell in der Erde: "rot ist tot!" sprach er erleichtert und auf einmal verwandelte sich Norbert von einem cholerischen, wilden Stier in ein ruhiges und ausgeglichenes Lamm. „Was hast du denn gegen die

Picknickdecke gehabt?" fragte ihn der alte, große, dicke Seebär neugierig.

Norbert war noch immer etwas verwirrt. Da er aber eigentlich ein recht höflicher Stier war, streckte er schnell seinen Huf dem Seebären und der Wiesnbiene entgegen und sagte fast unterwürfig: "Oh, ehm, entschuldigen Sie bitte meine Ungestühmtheit. Ich bin Norbert, der Stier! Das mit der Decke tut mir wirklich leid. Aber ich kann ihnen gerne eine neue schöne, blaue Picknickdecke kaufen, wenn wir unten im Tal sind." Der alte, große, dicke Seebär lachte: "Über die Decke machen Sie sich mal keine Sorgen. Ich bin übrigens der alte, große, dicke Seebär und.." „und ich bin die süße, kleine Wiesnbiene und will meine Picknickdecke wieder haben!" surrte das Bienchen aufgeregt dazwischen. Der Seebär winkte aber ab und meinte versöhnlich: „Eine neue Picknickdecke können wir immer noch später kaufen. Erzählen Sie uns doch mal, warum Sie so auf die Picknickdecke drauf gestürzt sind, Herr Norbert!".

Norbert der Stier, ließ einen tiefen Seufzer von sich: "Ja, wissen Sie, das liegt an meiner Vergangenheit. Ich komme nämlich aus Spanien. Und dort haben die Menschen eine ganz ganz schlimme Sitte. Sie jagen uns Stiere in großen Arenen zusammen und ärgern uns dann permanent mit roten Tüchern, bis wir vor lauter Verzweiflung ganz durchdrehen. Manche von uns sind sogar schon dabei gestorben. Und diese bösen Menschen ,haben nichts Besseres zu tun und schauen dabei sogar noch zu!"

Da bekam die kleine Wiesnbiene Mitleid mit Norbert und legte ihr kleines Händchen um seinen großen und mächtigen Hals: "Ja, Menschen können doch so grausam sein! Mir haben die Menschen immer den Honig geklaut." Und der Seebär fügte hinzu: "Und meinen Cousin Bruno haben sie im bayrischen Wald erschossen!" Tja, Menschen können wirklich manchmal grausam sein.

Aber wenn ihr jetzt vielleicht meint unsere drei Freunde würden nun lange Trübsal blasen, habt ihr euch aber getäuscht. Die süße, kleine Wiesnbiene fasste als erstes wieder Mut und forderte die beiden anderen auf: "Lasst uns doch kein Trübsal blasen. Es ist noch ein weiter Weg bis zum Gipfel. Norbert, komm doch mit uns!" Norbert brauchte nicht lange um zu überlegen und so machten sich nun unsere mittlerweile drei Freunde weiter auf in Richtung Bergspitze.

Norbert kannte „seinen" Berg in und auswendig und führte unsere kleine Wandergruppe auf direktem Weg ans Ziel. Die anfänglichen Strapazen, die der Seebär mit dem Klettern ertragen musste, waren fast vergessen. Denn er hatte einen neuen Freund gefunden, und das verschaffte ihm wieder Kraft. Und auch die süße, kleine Wiesnbiene war frohen Mutes und summte fröhlich und vergnügt um die beiden auf dem Weg nach oben herum.

Unsere drei Freunde waren so glücklich und vergnügt, dass sie kaum bemerkten, dass sie ja eigentlich Hunger und Durst haben müssten, denn sie hatten ja noch gar nicht gepicknickt. Sie nahmen auch kaum war, dass aus den großen Bäumen am Wegesrand auf einmal nur noch kleine Sträucher wurden und das aus den zwanzig Grad, die es noch im Tal waren, auf einmal nur noch zehn Grad auf dem

Berg wurden. So vertieft waren die drei in ihre Gespräche. Der alte, große, dicke Seebär erzählte von seinen Erlebnissen mit den Buschmännern in Afrika, mit den Indianern in Amerika und mit den Bayern in Bayern. Die süße, kleine Wiesnbiene schwärmte Norbert dem Stier und dem Seebären von den bunten Blumenblüten und Gebirgsbächen vor, die sie aus der Luft gesehen hatte. Und bei all den Geschichten war der Ärger um die rote Picknickdecke schnell vergessen.

Die süße, kleine Wiesnbiene war die erste, die den Gipfel erreichte. Sie kam freudig erregt auf Norbert und den Seebären zugeflogen: "Kommt schneller, schneller! Das müsst ihr sehen, wir sind gleich da! Los, schneller, schneller!" surrte sie nervös und hektisch um ihre Köpfe herum. Nun wurden Norbert und der alte, große dicke Seebär doch schon ganz schön neugierig und ihre Schritte beschleunigten sich immer mehr. Norbert begann sogar richtig loszutraben und selbst beim alten, großen, dicken Seebären sah es fast so aus, als ob er rennen würde. Und einen Seebären rennen zu sehen, ist schon wirklich eine Seltenheit.

Aber die Rennerei wurde schnell belohnt. Es war nur ein kurzer Spurt und sie waren am Ziel: "Phantastisch!" sagte Norbert und atmete tief die frische Bergluft ein, als er am Gipfel weit über alle Berge hinausschauen konnte. „Es ist ein WWWAAAHNSINN!!" surrte die süße, kleine Wiesnbiene fast überglücklich beim Anblick dieser wunderbaren Aussicht. „Hmm, puhh, uahh, nicht so schnell! Ich kann nicht mehr!!" stöhnte der Seebär erschöpft als er die letzten Schritte bis zum Gipfel torkelte. Aber als er dann endlich oben war und das Gipfelkreuz sah, lehnte er sich an, wischte den Schweiß von seiner Stirn und aus seinem völlig erschöpften Gesichtsausdruck, wurde ein breites und zufriedenes Lächeln: "Mein Gott! Das es so schön ist, hätte ich nie gedacht!" So standen unsere drei Freunde Arm in Arm zusammen am Gipfelkreuz und bewunderten die Aussicht.

## 5 Auf zur Seilbahn

Es dauerte nicht lange, da wurde die Stille, die am Berggipfel war durch ein tiefes Brummen unterbrochen. Norbert der Stier und die Wiesnbiene schauten sich verwundert an: „Was mag das gewesen sein?" Und das Brummen wurde lauter. Der alte, große, dicke Seebär wurde ganz plötzlich rot vor Scham: "Ich glaub das ist mein Magen!" stammelte er vorsichtig.
Die Wiesnbiene musste laut lachen: "Ach, stimmt ja. Wir haben ja noch gar nichts gegessen!" Die süße, kleine Wiesnbiene

machte schnell den Seesack des Seebären auf und holte den Picknickkorb hervor: "Wir haben zwar keine Picknickdecke mehr, aber picknicken können wir doch trotzdem!" lachte die süße, kleine Wiesnbiene und breitete die Sachen direkt neben dem Gipfelkreuz aus. Sie hatten viele Honigbrote, Tee und Wasser mitgenommen. Der große, alte, dicke Seebär griff sofort nach den Honigbroten und stopfte sich eins nach dem anderen in seinen großen, runden Seebärenmund: "Hm, hhmh, mampf, hmm Greif zu!" sagte er zu Norbert mit vollem Mund. Und obwohl man ja mit vollem Mund nicht reden soll, griff Norbert vergnügt zu und nahm sich ein Honigbrot. Und auch die süße, kleine Wiesnbiene nahm sich schnell ein Honigbrot. Und so schmatzen unsere drei Freunde vergnügt vor sich hin.

Und wie sie so glücklich und zufrieden ihre Honigbrote aßen und in die Weite der Bergwelt hinaus blickten, bemerkten sie gar nicht, dass es immer später wurde. Erst als die Sonne immer tiefer am Horizont stand und es schon ein wenig dämmerte kamen dem Seebären auf einmal Zweifel: "Du, Wiesnbiene?!" fragte er vorsichtig: "wie kommen wir denn eigentlich von dem großen Berg herunter? Müssen wir nun nachts durch den dunklen Wald nach Hause laufen?" Und nun merkte man schon, dass es der Seebär mit der Angst zu tun bekam. Denn alleine durch dunkle, fremde Wälder zu gehen mochte er nun wieder gar nicht. Aber die süße, kleine Wiesnbiene hatte auch hierfür eine Lösung: "Mach dir keine Sorgen, mein großer Bär. Dort drüben ist eine Seilbahn, mit der können wir schnell und völlig ungefährlich wieder ins Tal zurückfahren!"

Das unser Bienchen unbedingt erwähnen musste, dass die Seilbahn ungefährlich sei, beunruhigte unseren Seebären jetzt aber schon ein wenig. Denn an Stelle an eine ungefährliche Seilbahn zu denken, malte er sich schon ein Horrorszenario nach dem anderen aus, was in einer Seilbahn hunderte von Metern über dem Erdboden und ohne Netz, doppelten Boden oder sonstigen Sicherheitsvorkehrungen wohl alles schief gehen könnte. Und dann war da ja noch seine Höhenangst. Hier auf dem Gipfel war das ja alles nicht so schlimm, da konnte er sich am Gipfelkreuz festhalten und die Aussicht genießen. Aber allein, in einer kleinen Kabine oder gar einem Sessellift zu sitzen und unter einem nichts als Leere zu sehen, machte ihm schon ganz schön Angst. Aber er war ja ein großer, alter, dicker Seebär und große, alte dicke Seebären dürfen keine Angst zeigen und so versuchte er sich Mut zu machen, indem er dachte: "Ich habe mit den Buschmännern in Afrika getanzt, mit den Indianern in Amerika die Friedenspfeife geraucht und sogar mit den Bayern Bier getrunken! Ich werde es auch schaffen mit der Seilbahn ins Tal zu fahren!" Und so packten sie den Picknickkorb wieder in den Seesack und machten sich auf zur Seilbahn.

Und wie sie da so zur Seilbahn gingen, wurden die Schritte des Seebären immer schwerer. Als er die großen Zahnräder der Seilbahn sah, wollte er am liebsten wieder umkehren und allein durch den Wald zurücklaufen. Aber seine Ehre, als Seebär stark sein zu wollen, hinderte ihn daran und er schleppte sich weiter voran, bis unsere drei Freunde vor der Seilbahn standen. Aber es kam noch schlimmer.

An Stelle einer komfortablen Kabinen-
bahn mit Sitzheizung, Fernsehen und
Einbauküche, standen die drei vor einer
alten, klapprigen Sesselliftbahn, ohne
Sitzheizung, Fernsehen und sogar ohne
Anschnallgurte und Airbags. Als die
Wiesnbiene schon tatkräftig zur Seilbahn
stürmte, hielt es unser Seebär einfach
nicht mehr aus. Voller Panik rannte er in
den Wald und musste sich an Ort und
Stelle vor Angst übergeben.

Die süße, kleine Wiesnbiene und Norbert,
der Stier, schauten sich verwundert an:
"Was hat denn nur dein Freund?" fragte
Norbert verwundert die Wiesnbiene: „Ich
glaub, er hat Höhenangst. Seebären sind
ja solche Höhen gar nicht gewohnt!" fiel
da der Wiesnbiene ein. Die beiden gingen
zum Seebären in den Wald und versuch-
ten ihn zu trösten: "Hab keine Angst,
mein Großer! Ich bin doch bei dir! Zu-

sammen schaffen wir das mit links!" Der alte, große, dicke Seebär war noch etwas verunsichert: "Aber, aber was ist, wenn ich aus dem Sessel falle oder das Seil der Seilbahn reißt!" Norbert musste lachen: "Ach, mach dir doch keine Sorgen! Selbst ich bin schon mal mit der Seilbahn gefahren und das Seil ist nicht gerissen. Und mit meinen Stiergewicht bin ich ja um einiges schwerer als du mit deinem Seebärengewicht!" Und die Wiesnbiene fügte hinzu: "Und wenn doch was schief geht, pack ich dich an deinem Seebärenfell und flieg mit dir einfach ins Tal herunter!" Das beruhigte den Seebären nun wieder und er gab der kleinen, süßen Wiesnbiene einen dicken Kuss: "So, jetzt aber auf!" Und so gingen die drei zum Sessellift.

Norbert allerdings war nicht ganz so enthusiastisch und blieb ein wenig hinter dem Seebären und der Wiesnbiene zurück. Das Bienchen machte sich Sorgen: "Norbert, was hast du denn? Hast du etwa auch Höhenangst?" fragte sie den Stier vorsichtig. Aber Norbert wiegelte ab: "Ach, wisst ihr, es liegt nicht an der Höhenangst. Aber ich bin hier oben auf dem Berg doch glücklich und zufrieden. Und wenn mich nicht ab und zu Touristen mit roten Picknickdecken aus der Ruhe bringen, genieße ich die Stille des Berges. Ich glaub, ich will hier oben bleiben!" Hmm, da mussten der alte, große, dicke Seebär und die süße, kleine Wiesnbiene erstmal schlucken. Schließlich meinte aber der Seebär: "Norbert, du musst das tun, womit du im Leben am glücklichsten bist!", klopfte Norbert noch einmal auf die Schulter und wünschte ihm alles Gute. „Ihr könnt mich gern wieder besuchen kommen!" rief Norbert unseren beiden

Freunden nach, als sie zum Sessellift gingen.

„Beim nächsten Besuch bringen wir dann eine blaue Picknickdecke mit und keine rote!" lachte die Wiesnbiene zum Abschied. Und so verabschiedeten sich unsere Freunde.

Am Sessellift angekommen, erwartete aber den Seebären und der Wiesnbiene das nächste Problem. Die Sessel hielten einfach nicht an. Ein Sessel hinter dem nächsten fuhr, in dem für den Seebären atemberaubender Geschwindigkeit am Seil herab, ohne einmal eine Pause zum aussteigen zu machen. Natürlich fuhren die Sessel nicht in atemberaubender Geschwindigkeit herum. Aber für einen großen, alten, behäbigen Seebären hat selbst ein langsamer Sessellift eine atemberaubende Geschwindigkeit. Und so kam es, dass sich unser Seebär einfach nicht traute auf einen Sessel zu springen: "Das schaff ich nicht, das schaff ich nicht!" stotterte er nervös und trampelte mit seinen Seebärenfüßen auf und ab: „Doch, das schaffst du schon, das schaffst du schon!" surrte die Wiesnbiene nervös in sein Ohr und versuchte ihn mit ihren kleinen Bienchenarmen nach vorn zu den Sesseln zu ziehen. Aber es war einfach nichts zu machen. Der alte, große, dicke Seebär bewegte sich einfach nicht vom Fleck. Die süße, kleine Wiesnbiene war schon der Verzweiflung nahe und wusste gar nicht mehr was sie machen sollte. Wäre da nicht Norbert gewesen, der sich schon so etwas gedacht hatte und sicherheitshalber die beiden beobachtete. Norbert musste fast lachen, als er seine beiden verzweifelten Freunde vor dem Sessellift sah. Doch da kam ihm eine

Idee. Er stellte sich einfach vor, der alte, große, dicke Seebär wäre eine rote Picknickdecke. Dieser Gedanke machte ihn so wütend, dass er mit aller Kraft geschwind auf den Seebären losjagte und ihn mit seinem großen, mächtigen Stierkopf in den Sessel schubste. So plumpste der alte, große, dicke Seebär von selbst in den Sessel und die Wiesnbiene bedankte sich glücklich bei Norbert und rief ihm zu: "Wir besuchen dich auf alle Fälle wieder! Hab vielen Dank für deine Hilfe!"

Und so fing die Fahrt im Sessellift an.


## 6    Eine turbulente Fahrt ins Happy End

Der alte, große, dicke Seebär war noch so verwirrt durch den heftigen Stoß, den er von Norbert bekommen hatte, dass er gar nicht merkte, wie sich der Sessellift mit ihm fortbewegte. Er merkte auch erst gar nicht, dass der Abstand zum Boden sich immer mehr erhöhte. Erst als er zufällig nach unten schaute, um seinen Seesack zu Rechtzurücken, fiel ihm auf, dass er sich schon rund 50 Meter über den Erdboden befand. Und da bekam er es doch mit der Angst zu tun. Ängstlich stieß er die süße, kleine Wiesnbiene an: "Du, du, ähm, du Bienchen! Das ist ja so tief! Was ist wenn wir da runter fallen? Was ist wenn das Kabel am Sessellift reißt?!" Der alte, große, dicke Seebär machte auf einmal gar nicht mehr den Eindruck, als ob er alt und groß war. Er wirkte eher klein und ängstlich, wie ein Häschen, das zum ersten Mal im Leben einen Fuchs gesehen hat und klammerte sich voller Panik an seinen Seesack fest. Aber unsere süße, kleine Wiesnbiene wusste ihn schon aufzumuntern und flüsterte ihm ins Ohr: "Du brauchst keine

Angst zu haben, hier sind wir ganz sicher und im Übrigen bist du doch bei mir! Schau doch nach vorne, dort kannst du über alle Berge sehen!" Aber der alte, große, dicke Seebär war viel zu ängstlich um die Augen aufzumachen. Er klammerte sich ganz fest an seinen Seesack und schloss die Augen: "Wann ist es vorbei, wann ist es vorbei?" stotterte er, denn der Seebär hatte wahnsinnige Höhenangst. Woher sollte er doch auch solche Höhen kennen? In Hamburg war alles flach und auf See hatte er es zwar ab und an mit hohen Wellen zu tun, aber so hoch über den Erdboden war er noch nie. Die Wiesnbiene hingegen war ja geradezu mit der Höhe groß geworden. Schon als ganz kleines Nachwuchsbienchen konnte sie schon nicht hoch genug hinaus fliegen. Sie genoss es regelrecht steil herauf in Richtung Himmel zu fliegen und die Welt von oben zu betrachten. Und so versuchte die süße, kleine Wiesnbiene dem Seebären Trost zu schenken, indem sie ihm von der wundervollen Aussicht erzählte. Sie erzählte ihm von der weiten Sicht über die Gebirge der Alpen, von den Wolken, die sich in den Bergen fest zu halten schienen, von den letzten Sonnenstrahlen, die zwischen den Bergspalten hereinbrachen und von den bunten Blumenblüten und Gebirgsbächen, an denen sie vorbei schwebten. Und wie die kleine Biene so charmant und liebevoll unserem Seebären die Geschichten ins Ohr flüsterte, bekam der alte, große, dicke Seebär wieder Mut. Langsam und zwar ganz langsam und vorsichtig versuchte er ein Auge zu öffnen. Dann schloss er es schnell wieder, aber sogleich danach kam der zweite Versuch mit dem zweiten Auge. Und was er da sah, konnte er kaum glauben. Denn so etwas Schönes hatte der Seebär noch nie gesehen. Er hatte in Amerika mit den Indianern die Friedenspfeife geraucht, er hatte in Afrika O.k., o.k., den Text kennt ihr jetzt ja schon.

Er sah glasklare Gebirgsbäche, Wolken die sich sanft um die Berge schmiegten und Sonnenstrahlen, die sich verspielt zwischen den Felsen brachen. Die ganze Luft war klar und erfüllt von frischem Blumenduft. Der Seebär atmete tief ein und gab unserer kleinen Wiesnbiene einen dicken Kuss: „Danke, so etwas Schönes habe ich noch nie gesehen!"

Die Wiesnbiene grinste zufrieden: „Hab ich doch gewusst, dass du so etwas magst!" Am liebsten hätte der alte, große, dicke Seebär schon eine Fahrt mit dem Heißluftballon ganz über den Wolken geplant, hätte der Sessellift auf einmal nicht aufgehört zu fahren. Ganz plötzlich und ohne jede Vorwarnung hielt der Sessellift mitten während der Fahrt mit einem kleinen (aber für den Seebären fast unerträglich großen) Ruck an: "Was, was, was ist denn jetzt? Warum halten wir hier? Warum geht's denn nicht weiter?!" der Seebär bekam es richtig mit der Angst zu tun. Und noch ehe die süße, kleine Wiesnbiene ihn davor warnen konnte, machte er den größten Fehler, den man in einem Sessellift, ca. 100 Meter über den Erdboden nur machen kann: Er schaute nach unten!

Und was er da sah, gefiel ihm gar nicht. Da waren keine romantischen Gebirgsbäche mehr, keine Wolken und auch keine Sonnenstrahlen, die sich verspielt zwischen den Felsspalten hindurch schlängelten. Nein, da war nur kahles, gefährlich-spitzes Felsgestein, was ihn da 100

Meter in der Tiefe erwartete. Und wie der Seebär sich die 100 Meter entfernten Felsen genau betrachtete, wurden aus den 100 Metern 10.000 Metern und aus den Felsen wurden spitze Messer, die sich ihm entgegen streckten. Da bekam der Seebär richtig Panik. Zitternd klammerte er sich an unsere Wiesnbiene und an seinem Seesack fest: "Ich will hier weg! Ich will hier weg!" stotterte er ängstlich. Unsere charmante, kleine Wiesnbiene hatte aber die Situation immer noch voll im Griff. Zärtlich und liebevoll umarmte sie unseren Seebären, soweit es ihre kleinen Ärmchen erlaubten, und küsste ihn liebevoll auf die Wange: „Hab keine Angst mein großer Bär! Denke an die Blumen, die Wolken und die Sonnenstrahlen, die sich um die Gebirgsspalten schlängeln. Atme tief ein und lass dich vom Duft der Bergwelt verzaubern!" Und wie durch ein

Wunder dachte unser Seebär nicht mehr an 10.000 Meter entfernte Messerspitzen, die sich ihm von unten entgegenstreckten. In seiner Fantasie lag er grade mit seiner süßen, kleinen Wiesnbiene in einer saftig-grünen Wiese an einem Bergfluss und ließ sich vom Duft der Blumen verzaubern. Und so merkte er gar nicht, dass der Sessellift schon weiter fuhr. Erst als sie schon fast unten im Tal waren, machte er wieder die Augen auf und entdeckte, dass unter ihm gar keine Messerspitzen waren. Alles sah nun nicht mehr bedrohlich aus. Nein, ganz im Gegenteil, es machte ihm sogar Spaß nach unten zu schauen und Wanderer zu beobachten, welche sich mühevoll unter ihrem Sessellift zu Fuß den Weg nach unten erkämpften. Nun waren es nur noch wenige Meter bis zur Talstation und die Wiesnbiene meinte behutsam zum Seebär: "Seebär, gleich hast du es überstanden. Wenn wir unten in der Talstation angekommen sind musst du nur noch deinen Seesack packen und schnell aus dem Sessel springen, damit der Lift weiter fahren kann! Hab keine Angst, dass schaffst du schon!" Aber der Seebär hatte gar keine Angst mehr. Als sie unten angekommen waren, sprang der alte, große, dicke Bär aus dem Sessellift, so als wäre er ein junges Häschen, was über die Wiese hoppelte. Dann nahm er die Wiesnbiene in den Arm und meinte: „Schade, dass die Fahrt schon vorbei ist! Es hat mir sooo gefallen und ich hatte überhaupt keine Angst!" Die süße, kleine Wiesnbiene wusste genau, dass das ein wenig gelogen oder zumindest übertrieben war. Aber da große Seebären gern mal etwas Seemannsgarn erzählen und übertreiben, nahm sie es ihm nicht übel. Denn eines hatte die

Wiesnbiene auf alle Fälle erreicht: Dank Ihrer Hilfe hatte der alte, große, dicke Seebär seine Höhenangst überwunden und das würde ihr der Seebär nie vergessen. Und so gingen sie gut gelaunt und frohen Mutes wieder zurück in ihre Wohnung in München, wo schon die nächsten Abenteuer auf sie warteten.

Aber das ist eine andere Geschichte und wird ein andermal erzählt.